Puede consultar nuestro catálogo en
www.edicionesobelisco.com / www.picarona.net

LA CASA ENCANTADA
Texto e ilustraciones: *Kazuno Kohara*

1.ª edición: enero de 2014

*Título original: The Haunted House*

Traducción: *Joana Delgado*
Maquetación: *Marta Rovira Pons*
Corrección: *M.ª Ángeles Olivera*

© 2008, Kazuno Kohara
por los textos y las ilustraciones
Primera edición de Macmillan Children's Books,
sello editorial de Macmillan Publishers Ltd, en 2008.
© 2014, Ediciones Obelisco, S. L.
(Reservados todos los derechos para la lengua española)

Edita: Picarona, sello infantil de Ediciones Obelisco, S. L.
Pere IV, 78  3.ª planta, 5.ª puerta
08005 Barcelona - España
Tel. 93 309 85 25 - Fax 93 309 85 23
E-mail: picarona@picarona.net

Paracas, 59 C1275AFA Buenos Aires - Argentina
Tel. (541-14) 305 06 33 - Fax (541-14) 304 78 20

ISBN: 978-84-941549-2-8
Depósito Legal: B-19.734-2013

*Printed in China*

# La casa encantada

**Kazuno Kohara**

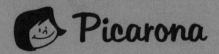 Picarona

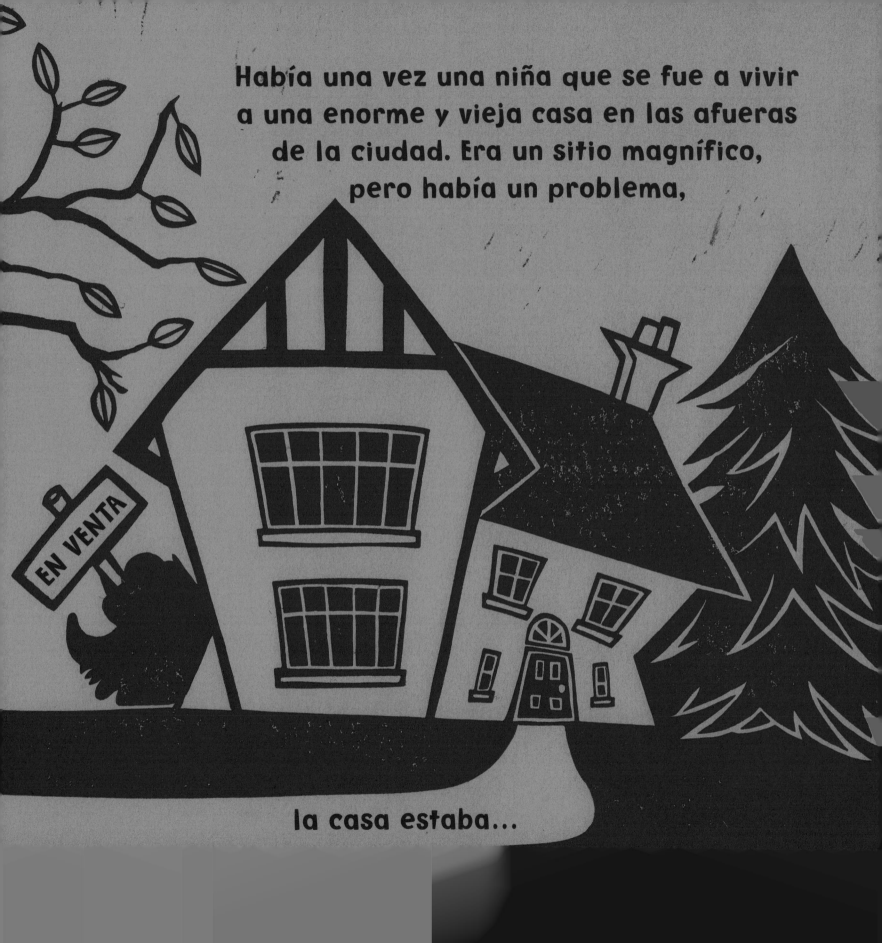

Había una vez una niña que se fue a vivir a una enorme y vieja casa en las afueras de la ciudad. Era un sitio magnífico, pero había un problema,

la casa estaba...

...encantada!

**Pero la niña no era una niña.**

¡Era una bruja!

Y sabía cómo cazar fantasmas

—¡Qué fantástico! —decía.
—Espero que haya algunos más.

Siguió su tarea hasta que pilló

a todos los fantasmas de la casa.

Después, se fue a la cocina...

... y los metió a todos dentro de la lavadora.

Una vez bien limpios, los colgó en el jardín.

Hacía muy buen tiempo para secar la ropa.

# Una vez secos, la mayoría de los fantasmas pasaron a ser...

... unas bonitas cortinas.

Uno de ellos se convirtió en un estupendo mantel.
Todos eran muy útiles.

La brujita empezó a sentirse muy cansada
después de tanto trabajo.

Pero enseguida supo qué hacer con
los dos últimos fantasmas....

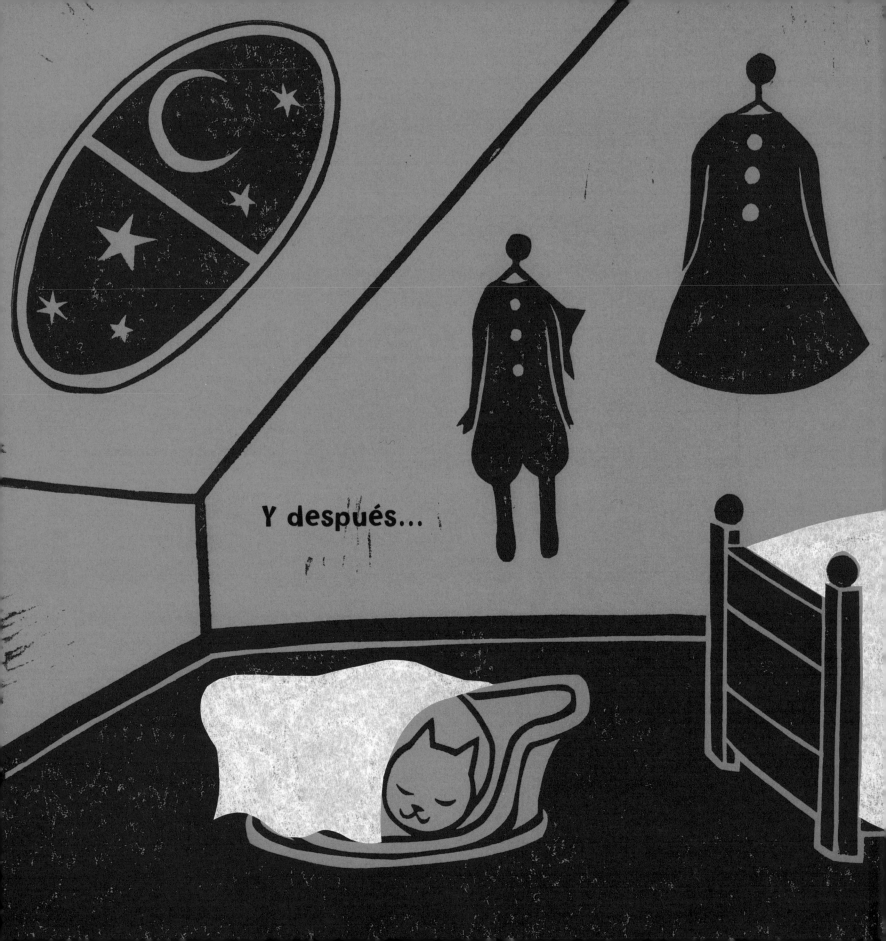

Y después...

... todos vivieron felices
y comieron perdices.